一歳のひろき

広沢 啓

文芸社

一歳のひろき

もくじ

一歳の
ひろき

天まであがった

空高く
天まで
大凧があがった
ひろきの大凧が
天まであがった

お父さんは
ひろきを肩車して
一緒に
ひろきの大凧を
みつめていたよ…

お腹の中で

ひろきが
まだ
お母さんの
お腹の中にいた頃
よく絵本を
読んであげたよ
耳元で
よく聞こえるようにね

時折足で
モグモグ、て
お腹を蹴って
よろこんでいたよ

命名

ひろきの名前は
五社《ごしゃ》神社で
みてもらったんだ

名前の意味は
禍《わざわい》転じて福となす
どんなに困難が
訪れようとも
それを乗り越えて

必ずよい結果をもたらす
そういう意味があるんだと
宮司さんが話してくれた

お父さんは
その話に
もう感動して
たまらなく感動して
ひろきという名前に
決めたんだよ

お風呂ですやすや

お風呂に入るときは
ひろきは
深い眠りの中
ゆぶねにつかって
こっくりこっくり
気持ちよさそうに

起こすのが
かわいそうだったから
腕とひざで
身体を支えながら
洗ってあげたよ

身体を洗って入るときも
気持ちよさそうに
すやすやと
気持ちよさそうに…

頭を洗うと

頭を洗うと
なぜだか
わんわん
泣き出していたね
頭を濡らされたり
シャンプーで
ごしごしすると
わんわんわん、て
どうしてかな?

シャンプー頭だと
頭が丸くて
かわいかったよ

泣き顔

ひろきの
泣き顔は
思わずかわいくて
みんなでいつも
笑ってしまった

口をへの字にして
顔をくしゃくしゃにして…
泣いているのに
かわいくて
かわいくて
みんなで
よく笑っていたよ

ハイハイ

ひろきが
寝返りを
打つようになって
しばらくしてから
よくハイハイの
練習をしていたね

前に進みたくて
でも
思うようにできずに
泣きながら
一生懸命
ハイハイの練習を
していたね
手足を宙で
ばたばた動かして
一生懸命だったよ

まねてみて

父さんが
ミルクをつくっている時
ほ乳瓶を振っていると
ひろきは
じっとみつめていて
ミルクを飲みはじめた時
同じようにまねして

ほ乳瓶を
振っていたね
楽しそうに笑ってさ
それから勢いあまって
ほ乳瓶をおでこにゴチン！
それからしばらく
おとなしく
ミルクを飲んでいたね…

鏡の中で

鏡の中に映っていた
父さんに気がついて
ひろきが
にやっと笑った

鏡の中で
かくれんぼして
また映ったら
うれしそうに
にやっと
笑った

歩いた！

一歳になりかけたとき
ひろきは
歩き出したんだ

それからは
歩くのが
好きで好きで
家の中を
一日中でも
ずっと歩いていたね
いつもうれしそうに
歩いていたね

絵　本

ひろきは
絵本が
大好きだったね
いつも
うれしそうに
していたね

絵本を
読んであげると
時折ひろきが
顔を見上げて
お父さんの顔を
のぞき込んでいたね
そう、お父さんが読んでいるよ

添い寝

ひろきを
寝かせようと
一緒に添い寝をしていると
ひろきは必ず
お父さんの耳をつかむ

耳をつかんでいると
安心するのかな？
気持ちがいいのかな？

しばらく耳をさわっていると
ひろきは間もなく
深い眠りの中…

庭　で

ひろきが歩きはじめて
間もない頃
家の庭の芝生で
歩かせてあげたら
おおよろこびで
歩いた

犬がつないである
向こう側まで
手をたたきながら
おおよろこびで
わき目もふらず
いちもくさんに
歩いていた

スヌーピー

ひろきはスヌーピーの
ぬいぐるみが
とっても好きだったね

ウォンウォン、と
スヌーピーの頭を
左右に振って
ひろきの顔に
近づけて
遊んであげると
顔をくしゃくしゃにして
よろこんでいたね
何度も何度も
ウォンウォン、てね

くまのプーさん

ひろきは
胸に
くまのプーさんの
ワッペンがついた上着を
よく着ていたね

着ていると
まるで
プーさんが
二人いるみたい
どちらも
きょとんとしていて
かわいかったよ

笑い顔に

ひろきが
満面の笑みで
笑った
目を三日月形にして
満面の笑みで
笑った
お父さんは
今までの疲れが
一気に吹っ飛んでしまったよ

仕事で疲れて
帰った時も
嫌なことがあった時も
ひろきの笑い顔で
忘れてしまったよ

ひろきの
満面の笑みで
いつもそうだったよ

のぞき窓

ダイニングにつながる
ドアの真ん中に
縦長ののぞき窓があって
ひろきはそこから
廊下に向かって
よくのぞきこんでいた

のぞき窓の
向こうにいる父さんに
気がつくと
にやっと笑って
父さんが隠れて
また姿が見えると
またにやっと笑って…

いたずら

ひろきが
なにかいたずらを
しようとするときは
かならず
くちびるから
ちょっと舌を出して
お父さんたちの
様子をうかがって
いたずらしていたね

ひろき、だめだよ！
ていうと
しばらく顔をじっとみつめて
にやっと
笑っていたね

積み木

お父さんは
小さいころ
よく積み木で遊んだよ
だから
ひろきにも
積み木を
買ってあげたんだ

まあるいの
さんかく、しかく
細長いもの
お父さんが
積み木を積んでみせると
すぐ、くずしちゃうけど
ひろきは
ひとりの時に
おそるおそる真剣に
積んでいたね

プロレスごっこ

ひろきと
ふとんの上で
よくプロレスごっこをしたね

寝ながら
ひろきを
高く持ち上げて
そのまま
羽毛ふとんの上に
ズボッと
しずめると
ひろきは
顔をくしゃくしゃにして
よろこんでいたよ

縁側で

家に帰ると
縁側の
サッシの内側で
ひろきが立ったまま
外を見ていた

お父さんに気がつくと
ひろきは
最初びっくりして
やがて満面の笑みで
笑った
手をあげて
サッシをたたいて
きゃっきゃ言って
大騒ぎして
よろこんでいた

公園へ

週末の午前中は
ひろきを
よくベビーカーに乗せて
近くの公園へいったね

ひろきは鳥が好きで
とっとだよ、
とっとだよ、
ていうと

スッと空を見上げて
じっとみつめていたね
公園が見えてくると
両手を上げて
よろこんでいたね

ひろきは同じ年頃の
小さい子が
好きなんだね
公園が好きなんだね

小さいサッカーボール

フラワーパークにいった時に
ひろきに買った
小さいサッカーボール

部屋の中で
父さんがサッカーの
まねごとをすると
ひろきは
ボールを追っかけて

顔をくしゃくしゃにして
笑ってよろこんでた

ひろきにパスすると
ひろきはゆっくりと
手でボールを持ちあげて
父さんへポイッと投げたけど
父さんの所へは
まったく
届かなくてね

じっとみつめて

どこへ行っても
ひろきは人の顔を
じっとみつめる

スターバックスへ行った時も
店の女の子の顔を
じっとみつめて
あんまりみつめるから
みんな
きゃーきゃー言っていたよ

そんなにみつめたら
みんな
照れくさそうだったよ

車の中で

車で移動中に
ひろきが
チャイルドシートに
あきてしまって
身体を降ろしてあげると
後ろから
運転中の父さんの
頭をさわって
合図する

おどけてみせると
ひろきはにやっと
うれしそうに
笑っていたね

天に高く

ひろき！
あがったぞ
ひろきの大凧が
空に
天に
高く高く
あがったぞ

見えるか、ひろき
見えるか、ひろき
ひろきの凧だぞ

お父さんは
小さい頃から
凧が大好きだった
凧をよくあげた
ひろきが生まれて
ひろきの大凧を
あげることができた

ひろきの名前の入った
ひろきだけの
大凧だ
お父さんと一緒に
あげたんだぞ！

ひろき　見えるか
ひろきとこうして
ずっと
凧をあげていたかった

ずっと
ずっと
凧をあげていたかった

お父さんの
心の中には
生涯いつまでも
ひろきの大凧は
あがり続けている

いつまでも…

寝　顔

ひろきの寝顔
いつまでみても
あきなかった

すやすやと
寝顔は
かわいいね
うつぶせになったり
ふとんからはみ出ていたり
頭と足がさかさまになったり
寝顔はいつも
かわいかったよ
いつまでみてても
あきなかったよ

あとがき

ひろきとは
一歳になるまで
一緒に過ごしていました
ですから
私とひろきとの思い出は
生まれてから一歳になるまでの
ひろきのままです

いつ、どんな時でも

何十年経っても
ひろきと過ごした日々を
心の中に
描くことができるように
言葉に残したものが
この一冊の本です

これを読み返せば
ひろきと過ごした
わずか一年の日々が
鮮明に心の中に
描き出されるのです

世の中の
お父さんお母さんに
子供が大好きな人たちに
そして子供たちに
この本が親しまれたら
うれしいです

そして
ひろきが
二十歳になった時に
この本を読んでほしい

父さんのひろきへの想いが
わかってくれる頃に…

著者プロフィール

広沢　啓（ひろさわ けい）

1967年浜松市生まれ。成城大学卒。

詩に描かれた大凧あげは全国でも有名な浜松祭りの回想シーンである。初子を祝う壮大な凧あげ祭りは、子を持つ親として生涯心に深く刻み込まれるものとなっている。

一歳のひろき

2003年5月15日　初版第1刷発行

著　者　広沢　啓
発行者　瓜谷 綱延
発行所　株式会社文芸社
〒160-0022　東京都新宿区新宿1－10－1
電話　03-5369-3060（編集）
03-5369-2299（販売）
振替　00190-8-728265

印刷所　神谷印刷株式会社

ISBN4-8355-5651-8 C0092